TRONCHET

5

JEAN-CLAUDE TERGAL

découvre les mystères du sexe

FLUIDE GLACIAL

EH! ENTRE NOUS... IL VAUT MIEUX RETROUVER SON ÂME D'ENFANT...
...QUE SA BITE D'ENFANT !! HAHAHA !
CRÉTIN !

Premiers émois
CHEZ MOI, IL Y A TOUJOURS EU UN ENDROIT MYSTÉRIEUX ET ENVOÛTANT...
...
UN TERRITOIRE TABOU ET RÉPUTÉ MALÉFIQUE, AU-DESSUS DU BUFFET VERNI...
LÀ OÙ GISAIT LE GRAND LIVRE DE LA VIE, LE GRIMOIRE SACRÉ QUI SAIT TOUT SUR CES ÊTRES SULFUREUX : LES FEMMES...
LA REDOUTE à Roubaix
VITE!
51F
78F
STOP AFFAIRES! 99F90
LES PAGES "BONNES AFFAIRES-LINGERIES" ÉTAIENT LES PLUS FORTES EN ÉMOTIONS BRUTES.. TOUTES CES CHAIRS BLANCHES INTERDITES MOULÉES DANS DES CORSETS-À-BALEINES. C'ÉTAIT À DEVENIR FOU!
QU'EST-CE QUE TU LIS JEAN-CLAUDE ?
LA REDOUTE à Roubaix

VITE! VITE! CHANGER DE PAGE !!!
HEU!
LES PHOTOS DE TONDEUSES À GAZON... TIENS ??!
750,00F
STOP
MA MÈRE N'A JAMAIS SOUPÇONNÉ À QUEL POINT LE CATALOGUE AUTOMNE-HIVER A ÉTÉ LE RÉSERVOIR DE FANTASMES DE MON ENFANCE.
NOTRE FILS EST BIZARRE... IL ATTRAPE DES SUÉES AVEC DES TONDEUSES À GAZON...
La maladie d'amour
MON SECOND COUP AU COEUR, C'EST QUAND LA PETITE ANNE DU PREMIER RANG M'A TRANSPERCÉ DU REGARD...
GLOUB
UN CURIEUX TREMBLEMENT M'A TOUT-À-COUP PARCOURU LE CORPS... ÇA VALAIT AU MOINS DIX CORSETS-À-BALEINES SUR L'ÉCHELLE DE LA REDOUTE...
HÉ! JEAN-CLAUDE! C'EST QUOI TON ANIMAL PRÉFÉRÉ ?
MACHOIRES BLOQUÉES, MAINS MOITES, JAMBES EN COTON ET CHEVEUX DRESSÉS... TOUT CELA ÉTAIT NOUVEAU POUR MOI.
ALORS ?
GUE...
IL EST BÊTE CE GARÇON !!
GUE...

LE...
HEU...
LE... LE CHIEN...
J'AIME BIEN LES CHIENS...
ÇA S'EST REPRODUIT UN PEU PLUS TARD DANS LA RUE...
HOUPS!
MAIS LA CHALEUR ÉTAIT PLUS LOCALISÉE... VERS LE BAS-VENTRE. ET MÊME PRÉCISÉMENT DANS LE...
NON! C'EST IMPOSSIBLE...
SI! DANS LE ZIZI! MAIS RIEN À VOIR AVEC L'ENVIE DE PISSER... C'ÉTAIT BIZARREMENT ENFLÉ...
QU'EST-CE QU'IL M'ARRIVE?
À QUI EN PARLER?
NON.
NON.
HMMM...
FINALEMENT, MON COPAIN JEAN-LOUIS M'A FOURNI L'EXPLICATION DE CETTE EXALTATION DES SENS... DE CE BRUSQUE ÉMOI INTIME...
T'AS LA TRIQUE!!!
3

(*) Voir Jean-Claude Tergal, tomes 1, 2, et 3

Les joies de la ferme
AVEC L'ÉCOLE, ON EST ALLÉS VISITER UNE VRAIE FERME... C'ÉTAIT SUPER !
AUSSITOT RENTRÉ, J'AI DÉCIDÉ DE PASSER AUX EXERCICES PRATIQUES...
YOUKIE ! VIENS ICI !
?
TRAIRE LES BÊTES, JE TROUVE ÇA VRAIMENT INTERESSANT
TOI AUSSI, T'AS L'AIR D'AIMER ÇA HEIN, YOUKIE ?!
YEURPS ! TON LAIT, PAR CONTRE, MON VIEUX, C'EST PAS TERRIBLE... IL A DÛ TOURNER...
J'ESSAIE ENCORE !
QUE...? TU FAIS QUOI, LÀ, JEAN-CLAUDE ?
BEN... JE TRAIE YOUKIE...
MAIS...
ET TOI, COUCHE ! SALE BÊTE !!
KAÏÏÏ
LA VIE COMMENÇAIT MAL DANS UN MONDE OÙ AVOIR LA TRIQUE ET TRAIRE LES CHIENS ÉTAIENT SUPER MAL VUS...
EN PLUS, JE PEUX MÊME PAS TOUCHER LES SEINS DE FILLE DE MES COPAINS... DUR !

J'aime pas les maths

?
JE SUIS INDISPOSÉ...
Le cycle menstruel de mon fils tombant ce jour, il ne peut pas assister au cours de maths
ALORS ALORS ?? ÇA A MARCHÉ ??
TA GUEULE !
Le col roulé qui colle
LES COPAINS SONT FORMELS LÀ-DESSUS ...
FAUT QUE LA PEAU S'ENLÈVE DU BOUT QUAND TU TIRES DESSUS.. ÇA S'APPELLE "DÉCALOTTER"
MOI J'L'AI FAIT.. ET TOI, J.C. ??
OUAIS.
OUAIS. AUSSI.
EN FAIT, NON. MOI JE TIRE DESSUS TOUS LES SOIRS... LA PEAU RESTE COLLÉE...
JE SUIS MAUDIT...
JE SAIS TRÈS BIEN CE QUE ÇA VEUT DIRE...
LES COPAINS SONT FORMELS LÀ-DESSUS.
.. PASQUE SI TU Y ARRIVAIS PAS JEAN-CLAUDE, ÇA VOUDRAIT DIRE QUE TU ES MAL FORMÉ, HEIN ?
BEN OUI.. HEIN ! MAL FORMÉ... HAHAHA.. !!
2

MAL FORMÉ
MAL FORMÉ
MAL FORMÉ
MAL FORMÉ
ET PUIS, UN SOIR
Mi... MIRACLE !! LA PEAU... ELLE DESCEND !
EN MÊME TEMPS, LA PEAU LIBÉRAIT UNE FORTE ODEUR, TRÈS... SPÉCIALE...
JE NE SUIS PAS MAL FORMÉ !!
LE SENTIMENT DE SOULAGEMENT ÉTAIT AUSSI FORT QUE L'ODEUR... SI BIEN QUE J'ASSOCIAI LES 2
ET TOUTE MA VIE, OÙ QUE CE SOIT, CETTE ODEUR PROVOQUERA CHEZ MOI, LE MÊME BONHEUR INTENSE
WAH ! JE NE SUIS PAS MAL FORMÉ ! C'EST GÉNIAL, NON ?
Le colloque du mercredi
JE FAIS PARTIE D'UNE SOCIÉTÉ D'EXPERTS... NOUS EXAMINONS LES QUESTIONS SCIENTIFIQUES.
C'EST J.C. ..
ENTRE !
ÉCOUTONS PLUTÔT LA COMMUNICATION DU Pr LEMOUT (Cm1)
MAIS OUAIS, ELLES EN ONT ! SÛR !! UN FOIS, J'AI VU MA GRAND-MÈRE SE PENCHER EN AVANT... ELLE EN AVAIT DEUX POILUES QUI PENDAIENT, JURÉ !
UNE THÈSE DÉVELOPPÉE PAR LE Pr GALUT (Cm2)
LES ENFANTS VIENNENT DES COUILLES, O.K. ?
EH BEN, APRÈS, ILS MONTENT À L'ÉTAGE AU-DESSUS DANS LE VENTRE DES FEMMES. SIMPLE.
PAS CON !
3

DÉMONSTRATION IMPARABLE... MAIS, J'AI TOUT DE MÊME VOULU AVOIR CONFIRMATION PAR UN GRAND CONNAISSEUR EN FEMMES : LE GRAND ROGER...
RÉGINE ? MA FEMME ?
OUI. ELLE A PARFOIS DES COUILLES AU CUL...
MAIS C'EST LES MIENNES !! HAHAHA !!!
J'AVAIS DE NOUVELLES INFORMATIONS À COMMUNIQUER D'URGENCE AU PROCHAIN COLLOQUE
ON PEUT PRÊTER DES COUILLES AUX FEMMES !! INCROYABLE !
Labite notre sauveur
À L'ÉCOLE, IL Y A UN NOUVEAU. IL S'APPELLE LABITE. PAUVRE GARS !
HÉ ! LES MECS ! J'AI LABITE SOUS L'BRAS !
HÉ ! ÇA S'ALLONGE QUAND ON TIRE SUR LABITE ??
HÉ ! ON S'ASTIQUE LABITE !!
HÉ ! LABITE ! T'ES GONFLÉ !!
OUAIS ! AUJOURD'HUI LABITE A UN COL ROULÉ !!
ON VA LE DÉCALOTTER !!!
WAAA !! ÇA VA SENTIR LA CREVETTE !
IL A ATTIRÉ TOUTES LES PERSÉCUTIONS SUR LUI. J'AI PASSÉ UNE ANNÉE TRANQUILLE
ET MAINTENANT LABITE AU CIRAGE !
MERCI MON DIEU D'AVOIR ENVOYÉ LABITE SUR TERRE POUR ME SAUVER !!

Mes gros mots codés
PAS DE GROS MOTS À LA MAISON... C'EST RIGOUREUSEMENT INTERDIT !
ZUT !
SOIS POLI, JEAN-CLAUDE !
LE JOUR OÙ J'AI DÉCOUVERT LES CONTREPÈTERIES, QUELLE RÉVÉLATION !
HA ! ON MET UN MOT À LA PLACE DE L'AUTRE !!!
J'AI ENFIN PU M'EXPRIMER EN TOUTE IMPUNITÉ...
OH MAMAN ! TU ME BROUILLES L'ÉCOUTE !!
HAHA !!
MAIS C'EST ASSEZ DANGEREUX QUAND ON EST MAL RÉVEILLÉ...
OH MAMAN ! TU ME BROUTES LES COUILLES !!
HORREUR !
LA MÊME MÉSAVENTURE M'EST ARRIVÉE BIEN DES ANNÉES PLUS TARD...
TIENS ?? UNE NOUVELLE CONTREPÈTERIE !! "LE CHOIX DANS LA DATE"
GÉNIALE ! JE VAIS LA REPLACER CELLE-LÀ...
ON PEUT SE REVOIR SI VOUS VOULEZ...
JE VOUS LAISSE LE DOIGT DANS LA CHATTE...
HEU... LE...
MERDE !
MERDE !
CON !
CON !

Le sein des seins
BERCK-PLAGE, DANS LES ANNÉES 70
IL Y A PLEIN DE FILLES SUR LA PLAGE, PARTOUT... ELLES METTENT LEURS SEINS DANS DE MINUSCULES TRIANGLES DE TISSU ...
C'EST ENCORE PLUS AFFOLANT QUE SI Y AVAIT RIEN. CES TRIANGLES CONTIENNENT TOUS LES MYSTÈRES DE L'UNIVERS AVEC UNE POINTE AU BOUT.
L'INVENTION LA PLUS RENVERSANTE DE CES ANNÉES-LÀ, C'EST LA "CABINE DE BAIN" EN SERVIETTE-ÉPONGE...
LES FILLES SE DÉSHABILLENT LÀ-DEDANS, EN SE CONTORSIONNANT. DES FOIS, JE ME DIS QUE, LÀ, JUSTE À CÔTÉ DE MOI, DERRIÈRE CES 5 mm DE COTON, IL Y A UNE FEMME À POIL !!!
TU VAS OÙ, JEAN-CLAUDE ?
A L'EAU !
TU ES FOU, ELLE EST GLACÉE !!
TANT MIEUX
OUFF OUFF ÇA... ÇA VA MIEUX !!
AUJOURD'HUI, LES FEMMES SUR LES PLAGES ONT LES SEINS NUS. JE NE PRENDS PLUS DE BAINS GLACÉS...

CE N'EST PLUS QU'UN MORNE ÉTALAGE DE GLANDES PLUS OU MOINS MAMMAIRES. LA MAGIE A DISPARU.
QU'ELLES GARDENT LA CULOTTE UN SIÈCLE ENCORE!
Magie de cagibi
A LA COMMUNION DE MARTINE, ILS ÉTAIENT TOUS LÀ...
Tata Marie
pépé Moustier
Tonton Roland
LE REPAS S'ANNONÇAIT BIEN SINISTRE... ALORS J'AI EU UNE IDÉE POUR L'ÉGAYER...
MESDAMES, MESSIEURS... UN TOUR DE MAGIE !!
TING TING
C'EST MON COPAIN JEAN-LOUIS QUI M'A APPRIS CE TOUR...
ALORS... UNE ASPIRINE EFFERVESCENTE DANS UN VERRE D'EAU ...
ET HOP! VITE !! UN PETIT CHAPEAU !!
MAINTENANT UN PEU DE SILENCE! LE MAGICIEN DOIT SE CONCENTRER...
HMMM... J'AGIS PAR MA SIMPLE FORCE MENTALE...HMMM..
ALLEZ... ALLEZ!! ENCORE UN PEU... OUiiiiiii !!!

ET VOILA, M'SIEUR-DAME !! SUPER, HEIN ? HAHAHA !!!
CURIEUSEMENT, CET EXCELLENT TOUR N'A PAS EU L'EFFET ESCOMPTÉ...
ET J'AI VU MA MÈRE ACCOURIR DU FOND DE LA CUISINE...
ELLE AUSSI A FAIT UN TOUR DE MAGIE... ELLE M'A FAIT DISPARAITRE DANS LE CAGIBI PENDANT 3 HEURES...
OUAH HÉ! FASTOCHE! J'PEUX L'FAIRE AUSSI
Le pet de la vie
AUJOURD'HUI : CAUSERIE DU PROFESSEUR GALUT (cm²) SUR LES FEMMES ENCEINTES.
JE FAIS PARTIE D'UNE SOCIÉTÉ D'EXPERTS... NOUS EXAMINONS LES QUESTIONS SCIENTIFIQUES.
EN FAIT, LES GROS VENTRES DES FEMMES ENCEINTES, C'EST DES PROUTS RETENUS QUI FINISSENT PAR GONFLER A L'INTÉRIEUR. ET LE GAZ SE TRANSFORME EN BÉBÉ...
MAIS ALORS, LES HOMMES AUSSI PEUVENT AVOIR DES BÉBÉS ?!!
OUI. SAUF QUE NOUS, ON TIENT PAS. ON PÈTE TOUT LE TEMPS...
ALORS QUE LES FEMMES, NON. T'AS DÉJÀ VU UNE FEMME PÉTER, TOI ?
NON, C'EST VRAI... PAS CON !!!
3

DEPUIS, J'AI MOINS DE SCRUPULES À PÉTER
PRÔATT
OH ?! JEAN-CLAUDE ?!!
BEN ÇA VAUT MIEUX, NON ? ÇA FAIT UNE BOUCHE DE MOINS À NOURRIR...
? ?
JE SUIS SÛR QUE JE LES AI SOUFFLÉS, CE JOUR-LÀ, PAR MA CONNAISSANCE DU SUJET...
Un club très fermé
HÉ ! JE PEUX FAIRE PARTIE DE VOTRE SOCIÉTÉ D'EXPERTS ? JE SAIS DES TRUCS SCIENTIFIQUES...
AH OUAIS ? QUOI PAR EXEMPLE ?!
JE SAIS COMMENT ON FAIT DES BÉBÉS...
AH OUAIS ? ET COMMENT ?!
EH BEN L'HOMME ENFONCE SON ZIZI DANS LA FENTE ENTRE LES JAMBES DE LA FEMME...
A... ATTENDS... TU VEUX DIRE QU'IL FAUT RENTRER NOTRE APPAREIL À FAIRE PIPI DANS L'APPAREIL À FAIRE PIPI DES FILLES ?!
HAHAHA !!! N'IMPORTE QUOI !!
IL EST CON LUI...
HAHA ! MON PAUVRE VIEUX !! POUR RENTRER DANS NOTRE GROUPE, FAUDRA QUE TU TE RENSEIGNES UN PEU MIEUX...
PASQUE NOUS, ON TRAVAILLE QUE SUR DES DOSSIERS SCIENTIFIQUES VACHEMENT SOLIDES !! ALLEZ ! C'EST BIEN ESSAYÉ QUAND MÊME...

La vérité sort du trou
L'ÉTÉ, CHEZ MA GRANDE COUSINE CHRISTINE, JE RÉVISE MES SCIENCES NATURELLES...
MÊME DES TRUCS QU'ON N'A PAS ENCORE FAITS AU PROGRAMME... CELA DIT, J'AI TOUJOURS PAS RÉUSSI À LA VOIR TOUTE NUE...
HôHô !
MAIS J'AI APERÇU UN TRUC ÉTONNANT.
ÇA ME RAPPELLE QUELQUE CHOSE...
MAIS OUI BON SANG! C'EST ÇA !!
fig. 3 LA MYGALE
INCROYABLE! ELLE EST TARÉE CETTE FILLE !!
TIENS? TU ES LÀ, JEAN-CLAUDE?
NE... NE M'APPROCHE PAS !! C'EST VENIMEUX!
IL A UNE ARAIGNÉE DANS LE PLAFOND CE GARÇON !?
C'EST MIEUX QUE DANS LE SLIP !! SORCIÈRE !

Dieu est dans la caisse
C'ÉTAIT L'ÉPOQUE DES TOUT PREMIERS SUPERMARCHÉS. J'ADORAIS ÇA, CES RAYONNAGES PARTOUT. POUR UNE RAISON SIMPLE...
JE POUVAIS FACILEMENT ÉCHAPPER À LA SURVEILLANCE DE MES PARENTS...
ET FILER DISCRÈTEMENT À MON RAYON PRÉFÉRÉ : LES LIVRES SCIENTIFIQUES
JE RESTAIS DES HEURES À ESSAYER DE COMPRENDRE LES MYSTÈRES DE L'UNIVERS
LE PETIT JEAN-CLAUDE EST ATTENDU À LA CAISSE CENTRALE...
SOUDAIN, UNE VOIX IRRÉELLE ET TERRIFIANTE EST TOMBÉE DU CIEL...
PERSONNE NE RÉAGISSAIT AUTOUR DE MOI. J'ÉTAIS DONC SEUL À ENTENDRE...
JEAN-CLAUDE
À LA CAISSE CENTRALE
PAS DE DOUTE POSSIBLE... C'ÉTAIT LA VOIX DE DIEU !!
DIEU DÉSAPPROUVAIT MES LECTURES. IL M'AVAIT SURPRIS EN TRAIN DE PACTISER AVEC LE DIABLE
UTÉRUS
OVAIRES
VAGIN
VULVE
J'AVAIS FAUTÉ. IL ME RAPPELAIT À LUI POUR ME REMETTRE DANS LA GRANDE CAISSE ORIGINELLE...
LE PETIT JEAN-CLAUDE
CAISSE CENTRA

MES PARENTS M'ONT RETROUVÉ UNE HEURE APRÈS LA FERMETURE
JEAN-CLAUDE ? OÙ ES-TU ??
IL... IL EST PARTI ??
La balance de l'injustice
VISITE MÉDICALE : LE PESAGE
HÉ ! J'AI UN TRUC POUR PESER PLUS LOURD..
JE BANDE SUR LA BALANCE... ET DONC JE PRENDS DU POIDS.. FORCÉMENT !! REGARDE...
MMMMM..
25 Kg 200... SUIVANT !!
HÉHÉ ! T'AS VU ? J'AI DÛ GAGNER AU MOINS 200 GRAMMES... FACILE !!
SUIVANT !
AU FAIT, ÇA REPRÉSENTE QUOI 200 g. ? UNE FOIS, J'AI EU L'OCCASION DE LE SAVOIR...
200 g. DE BOUDIN, S'IL VOUS PLAÎT..
TOUT DE SUITE
AH ! JE VAIS ENFIN VOIR...
ET VOILÀ ! 200 GRAMMES TOUT ROND MA PETITE DAME !
GLOUB
IL A FALLU ME RENDRE À L'ÉVIDENCE : SUR LA BALANCE, J'AVAIS PAS DÛ GAGNER PLUS DE 25 GRAMMES
UN 1/4 DE CHIPOLATA À PEINE !! QUELLE MISÈRE...
Les seins du calendrier
Jean-Claude 2 mois 1/2
A UNE ÉPOQUE DE MA VIE, JE POUVAIS TOUCHER DES SEINS QUAND JE VOULAIS
MAIS J'Y FAISAIS PAS ATTENTION

AUJOURD'HUI QUE J'EN AI VACHEMENT ENVIE, Y EN A PLUS UN SEUL DE LIBRE. LA VIE EST RUDE...
J'AI CALCULÉ QUE MON PROCHAIN SEIN, CE SERA PAS AVANT UNE DIZAINE D'ANNÉE...
CALENDRIER LA POSTE
JE L'AI NOTÉ DANS MON CARNET, POUR ÊTRE SÛR DE PAS L'OUBLIER...
choses à faire quand je sera grand : Toucher des seins (super important)
Une inconnue dans l'équation
MAINTENANT TU VAS FAIRE TES DEVOIRS DE MATHS
LES DEVOIRS DE MATHS, C'EST UN ROBINET DE TRISTESSE QUI REMPLIT UNE BAIGNOIRE D'ENNUI MORTEL...
UN JOUR QUE J'ÉTAIS AUX PRISES AVEC LE THÉORÈME DE THALÈS, JE ME TRIPOTAIS MACHINALEMENT...
SOUDAIN, UNE CHALEUR INSENSÉE M'A ENVAHI TOUT LE BAS-VENTRE... UNE SENSATION IRRÉSISTIBLE DE BIEN-ÊTRE
UN TRUC FOU !!
QUE... QU'EST CE QU'I S'EST PASSÉ ?!!
JE ME SUIS TRIPOTÉ À NOUVEAU... MAIS ÇA NE MARCHAIT PLUS...
DONC... ÇA VIENT PAS DE ÇA... MAIS ALORS ÇA VIENT DE... DES MATHS ?!
C'EST AINSI... MON 1er ORGASME N'EST PAS VENU D'UNE PENSÉE ÉROTIQUE MAIS, MÉCANIQUEMENT, DEVANT UN ALIGNEMENT D'ÉQUATIONS

M'MAN!? JE... J'ADORE LES MATHS...
C'EST BIEN, MON FILS. TU SERAS INGÉNIEUR...
AH OUAIS!!! INGÉNIEUR... ÇA JE VEUX BIEN !!!
OULAA HMMM... JE VIENS DE RÉSOUDRE UNE ÉQUATION...
WAHOU... MOI AUSSI...
Des lunettes pour l'Australie
PUBLICITÉ
LUNETTES POUR VOIR À TRAVERS LES VÊTEMENTS
EXTRA !!
GÉNIAL!
T'IMAGINES! TOUTES LES GONZESSES QUE TU CROISES, TU LES VOIS À POIL !!
WÂÂÂH! AVEC DES LUNETTES COMME ÇA, ON RIGOLERAIT BIEN...
DETECTIVE
VIOLÉE PAR SON FILS HANDICAPÉ
UNE SEMAINE PLUS TARD...
HÉ! JEAN-CLAUDE !!!
J'AI COMMANDÉ LES LUNETTES SPÉCIALES...
JE VAIS POUVOIR TE VOIR LA BITE!!! HAHA!!!
NON! ARRÊTE T'ES CON !!
ATTRAPEZ-LE!! ON VA LUI VOIR LA BITE !!!

NON! VOUS AVEZ PAS LE DROIT...
LÂCHEZ-MOI!
TENEZ-LE BIEN, ON VA SE FENDRE LA GUEULE!!
HOHOHOHOHO!!
LA MINUSCULE BITE À J.C.!! TOUTE RATATINÉE!!
HÉ! FAIS VOIR!! À NOUS MAINTENANT!!!
NON ATTENDEZ! J'AI UNE MEILLEURE IDÉE!!...
ANNE! VIENS VOIR!!
METS UN PEU CES LUNETTES ET TU VAS VOIR JEAN-CLAUDE TOUT NU...
NON! PAS ANNE! PAS LA PETITE ANNE DE MON CŒUR!!! C'EST HORRIBLE!! JE NE POURRAIS PLUS JAMAIS REMETTRE LES PIEDS ICI!! JE... JE DÉMÉNAGE EN AUSTRALIE...
QU'EST-CE QUE C'EST QUE CETTE HISTOIRE?
HI!
JE SUIS MORT...
...
...ET SOUDAIN, LE MIRACLE!!
MAIS ON VOIT RIEN AVEC CES LUNETTES!!
PFF C'EST NUL!
ELLE A RIEN COMPRIS... C'EST PAS DRÔLE. ON PEUT PLUS DÉCONNER. ALLEZ... ON SE TIRE!
BEN QUOI?
♡
UN MIRACLE... DIEU... LE MÊME DIEU QUI VOULAIT ME PUNIR ET ME REMETTRE DANS LA CAISSE CENTRALE, N'AVAIT PAS VOULU CETTE FOIS QUE LA PETITE ANNE VOIT MA BITE RATATINÉE... NOTRE HISTOIRE D'AMOUR ÉTAIT SAUVÉE, ET JE POUVAIS ANNULER MON VOYAGE EN AUSTRALIE... MERCI DIEU!!
S

Les feux de l'enfer
TU T'ES DÉJÀ MASTURBÉ, MON PETIT ??
AH BEN OUI ! SOUVENT. DANS LA RUE, AU CINÉMA, DANS MA CLASSE... DÈS QUE JE VOIS UNE FILLE, JE PEUX PAS M'EMPÊCHER...
?!
LA VACHE, HÉ ! JE ME SUIS FAIT SAQUER ! 50 AVÉ, 40 PATER !!
ÇA VEUT DIRE QUOI, MARTUBÉ ?
MASTURBER ? BEN ÇA VEUT DIRE SE BRANLER !!!
MAIS NON, PAS DU TOUT !! QU'IL EST CON !! TU SAIS PAS CE QUE C'EST ?
OUAIS. ÇA VEUT DIRE BANDER, QUOI...
HEIN ? MARTURBÉ ? HEU... SI... SI... !!
MAIS JE SUIS PLUS SÛR...
HAHA ! BEN C'EST SE POLIR LA COLONNE, S'ASTIQUER LE MANCHE, SE DÉGORGER LE POIREAU, QUOI !!
TU VEUX QUE JE T'EXPLIQUE COMMENT ON FAIT ??
C'EST QUOI, CETTE NOUVELLE INVENTION ? JE PENSAIS TOUT CONNAÎTRE DU FONCTIONNEMENT INTIME DE MON APPAREIL URINAIRE ET VOILÀ QUE DES PERSPECTIVES INÉDITES S'OFFRAIENT À MOI...
J'APPLIQUAI LES CONSIGNES MÉTHODIQUEMENT ; ET AU BOUT DE 3 MN D'ACHARNEMENT...
... DANS LE BAS-VENTRE...
YOURPS !
LA MÊME CHALEUR QUE LA DERNIÈRE FOIS !
IL ÉTAIT DONC POSSIBLE D'OBTENIR TOUT CE PLAISIR SUR COMMANDE... QUAND ON VEUT !!!
NON ! IMPOSSIBLE ! ÇA NE POUVAIT PAS ÊTRE AUTORISÉ... C'ÉTAIT FORCÉMENT LE MAL QUI AVAIT AGITÉ MA MAIN !!

SEIGNEUR, JE... JE PEUX TOUT EXPLIQUER... PLUS JAMAIS, MON DIEU !! JURÉ !! SUR LA TÊTE DE MON CHIEN !! JAMAIS...
J'AI RECOMMENCÉ LE LENDEMAIN ET LES JOURS SUIVANTS... MON CHIEN EST MORT 3 ANS PLUS TARD D'UNE CRISE D'ÉPILEPSIE.
Devinette...
HÉ, LES GARS! C'EST QUOI, ÇA ?!
REGARDEZ BIEN MA BOUCHE !!!
ALORS? ALORS? VOUS AVEZ TROUVÉ ?!
?
C'EST UN 110 MÈTRES-HAIES FÉMININ, VU DE DESSOUS !
HAHAHAHA!
ÇA TE FAIT PAS RIRE, J.C.? T'AS PAS COMPRIS ??
SI, MAIS J'AIME PAS BEAUCOUP QU'ON SE MOQUE DU 110 MÈTRES-HAIES FÉMININ.
La goutte qui fait déborder de joie
IL Y A UNE AUTRE EXPRESSION POUR SE MASTURBER. LES GRANDS, ILS DISENT : "JUTER". PASQUE AUX DERNIÈRES NOUVELLES, Y A DU JUS QUI DEVRAIT SORTIR.
MOI, J'AI RIEN QUI SORT... JE SAIS CE QU'EN PENSERAIENT LES COPAINS...
MAL FORMÉ
MAL FORMÉ
ET AUJOURD'HUI...
UNE GOUTTE !!

GÉNIAL ! MOI AUSSI JE VIENS DE JUTER ! J'AI JUTÉ À MORT MÊME !!
CETTE PREMIÈRE GOUTTE M'AVAIT REMPLI D'UNE FIERTÉ SANS LIMITES...
JE SENTAIS QUE J'AVAIS FRANCHI UN DEGRÉ IMPORTANT SUR L'ÉCHELLE DE L'ESPÈCE HUMAINE...
HIN HIN...
C'ÉTAIT UNE PETITE GOUTTE POUR MOI. MAIS UNE GROSSE GOUTTE POUR L'HUMANITÉ...
Les belles images
" LA TANTE OLGA, ELLE A FAIT UNE DESCENTE D'ORGANES... "
" TA FILLEULE CHRISTINE EST EN AVANCE... ELLE EST RÉGLÉE... "
À TABLE, JE NE PERDS PAS UNE MIETTE DES CONVERSATIONS. JE ME FAIS MES PROPRES IMAGES...
FLÛTE !
?
C'EST BON, LÀ... JE L'AI REMISE À L'HEURE...
" LA VOISINE EST ENCEINTE DE 9 MOIS. ELLE VIENT DE PERDRE LES OS. "
" ÇA S'EST PAS BIEN PASSÉ. ELLE A DÛ ACCOUCHER PAR LE SIÈGE... "
JE N'AI COMPRIS CETTE EXPRESSION QUE QUAND JE SUIS ALLÉ VOIR MA GRAND-MÈRE À L'HÔPITAL...
MERDE ! LE BÉBÉ VA ÊTRE TOUT MOU...
ALORS LÀ... JE NE VOIS RIEN DU TOUT... AUCUNE IDÉE...
?
MAIS BIEN SÛR !!
3

Souris blanches
MA MÈRE, ELLE FAIT SA SÉRIEUSE... EN FAIT, C'EST UNE GRANDE ENFANT...
EN FOUILLANT DANS SON SAC, J'AI TROUVÉ DES SOURIS BLANCHES... TOUTE UNE COLLEC'! ELLE DOIT JOUER AVEC, EN CACHETTE !!
HAHA !
SACRÉE MAMAN !
TAP TAP
Comment on fait les enfants
LA RÉPONSE À CETTE GRANDE AFFAIRE, C'EST JEAN-LOUIS QUI ME L'A DONNÉE... CERTIFIÉE EXACTE...
TIENS!
!!
DANS CE PETIT PAPIER, IL Y AVAIT TOUT LE MYSTÈRE DE L'UNIVERS. POUR MOI, LE MONDE DES TÉNÈBRES ALLAIT BASCULER DANS LA LUMIÈRE...
JEAN-LOUIS M'AVAIT RÉSUMÉ ÇA DANS SON STYLE RUDIMENTAIRE MAIS TERRIBLEMENT EFFICACE...
fiancée
trou pour rentrer dans la fiancée
Zobi du fiancé
paf!
C'ÉTAIT DONC ÇA L'EXPLICATION ! CETTE ÉQUATION SIMPLETTE ME PLONGEA DANS UN ABÎME DE DÉCEPTION...
+ =
!!
AINSI NOTRE SEIGNEUR AVAIT DÉVELOPPÉ DES TRÉSORS D'IMAGINATION ET D'AUDACE POUR CRÉER DES OCÉANS FURIEUX, DES VOLCANS FOUS ET DES ANIMAUX TOUS PLUS INSENSÉS POUR QUE SURGISSE ENFIN LE MIRACLE DE LA VIE...
...ET AU MOMENT DE RÉSOUDRE L'ÉNIGME DE LA REPRODUCTION, IL AVAIT TORCHÉ ÇA EN DEUX COUPS DE CUILLÈRE-À-POT...

HOP! J'TE FOURRE LE ZOBI DANS LE TROU À PIPI DE LA FIANCÉE, NI VU NI CONNU J'T'EMBROUILLE...
IL S'EST PAS FOULÉ, LE PÈRE DIEU...
Nom : Dieu
sujet : comment on fait les enfa
5/20 travail bâclé!! peut mieux faire!!
Jean-Claude est amoureux
HOU! HOU! IL EST AMOUREUX!
JEAN-CLAUDE EST AMOUREUX!
IL EST AMOUREUX DE LA PETITE ANNE!!
NAN! C'EST PAS VRAI! ARRÊTEZ! VOUS ÊTES TOUS TROP BÊTES!
AH BON? EH BEN, SI C'EST PAS VRAI, VA LUI DIRE, ELLE EST LÀ-BAS EN FACE...
OUAIS BEN, VOUS ALLEZ TOUS VOIR!!
JE T'AIME PAS! JE T'AIME PAS DU TOUT!!
?
AH BON? ÇA ME FAIT DE LA PEINE... PASQUE MOI JE T'AIMAIS BEAUCOUP...
CON!
CON!
CON!
5

femmes à poil...
ELLES ONT DES SUPER NOMS, PAS BANALS... JOSIANE CHATTE-EN-CHALEUR, LOLITA LES GROS LOLOS, OU IRMA LA TIGRESSE DU GOULAG...
JE SUIS FASCINÉ PAR LES FEMMES À POIL...
ÇA DOIT ÊTRE GÉNIAL UNE VIE DE FEMME À POIL... ELLES PASSENT LA JOURNÉE ALLONGÉES SUR DES PEAUX DE PANTHÈRE...
ELLES FONT JAMAIS LA VAISSELLE ; À MON AVIS, ELLES VONT JAMAIS AUX WATERS NON PLUS... LES FEMMES À POIL, ÇA C'EST DES GENS INTÉRESSANTS T'AS VACHEMENT ENVIE DE DISCUTER AVEC.
MALHEUREUSEMENT, JE N'AI AUCUNE FEMME À POIL DANS MES RELATIONS...
TU CROIS QU'ON EN TROUVE EN FRANCE, DES FEMMES À POIL ?
NAN! ON L'AURAIT REMARQUÉ...
plus c'est long, plus c'est bon
ET TOI, COMBIEN ?
MOI ? 14 cm
ET TOI ?
MOI, 15 cm
ET TOI J.-C. ?
MOI, 17 cm ET DEMI
BON J'EN RAJOUTE UN PEU. MAIS EN PARTANT DE LA BASE DES COUILLES, ON GAGNE 2 cm, FACILE...
DE TOUTE FAÇON, ON VERRA ÇA DEMAIN À LA VISITE MÉDICALE...
AH BON ? POURQUOI ?
TU SAIS, À NOTRE ÂGE, L'INFIRMIÈRE NE PREND PAS SEULEMENT TON POIDS...
ELLE MESURE AUSSI TA BITE POUR SAVOIR SI T'ES NORMAL...

LE LENDEMAIN, J'ABORDAI CETTE NOUVELLE ÉPREUVE AVEC UN PEU D'APPRÉHENSION
SUIVANT !!
L'INFIRMIÈRE NE RESSEMBLAIT PAS TELLEMENT À UNE FEMME À POIL...
D'ABORD LA TOISE...
J'AI TOUT DE SUITE SU QUE J'AURAIS UN MAL FOU A BANDER
ET SI JE BANDE PAS AU MOMENT OÙ ELLE MESURE, JE VAIS PAS FAIRE PLUS DE 4 OU 5 cm... RIDICULE !!
ET TOUTE L'ÉCOLE SERA AUSSITÔT AU COURANT...
TERGAL JEAN-CLAUDE... LONGUEUR DU ZIZI : 4 cm ET DEMI...
HA!
HAHA
HAHA
HA
HAHA!
HAHA!
HAHA!
ANORMAL !
ANORMAL !
MAIS NON ! C'EST PARCE QUE...
ET ÇA ME SUIVRA TOUTE MA VIE...
HMM! JE VOIS DANS VOTRE DOSSIER QUE VOUS AVEZ UN APPAREIL GÉNITAL DE 4 cm 1/2
MAIS NON, C'EST PARCE QUE...
HIHI!
EN FAIT, L'INFIRMIÈRE M'A JUSTE TÂTÉ UN PEU LES ROUSTONS
DANS L'AFFOLEMENT, ELLE A COMPLÈTEMENT OUBLIÉ DE ME MESURER LA BITE... LE MIRACLE !!
SUIVANT
JE POUVAIS Y ALLER SANS CRAINTE...
HAHA ! ALORS ? ELLE T'A MESURÉ ?
OUAIS ! ET ELLE ME L'A MÊME PESÉE ! Y EN AVAIT POUR 200 GRAMMES DE BOUDIN, LES GARS !
2

Alors ça, ça me dépasse!
RENÉ GABURNOT, LE VOISIN... IL PARAIT QU'IL A UNE MAÎTRESSE...
ET ALORS? RIEN D'EXTRAORDINAIRE. MOI AUSSI, J'AI EU UNE MAÎTRESSE PENDANT LONGTEMPS.
Mercredi
IL COUCHE AVEC ELLE TOUS LES VENDREDIS...
ALORS ÇA, PAR CONTRE, QUELLE DRÔLE D'IDÉE!! COUCHER AVEC SA MAÎTRESSE!! MOI ÇA ME VIENDRAIT JAMAIS À L'ESPRIT...
TES ONGLES SONT PROPRES?!
TU AS FAIT TES DEVOIRS POUR DEMAIN ?
Cette fille est formidable
IL FAUT QUE J'ARRANGE LE COUP AVEC LA PETITE ANNE... MAIS CETTE FOIS-CI, IL FAUT QUE ÇA RESTE SECRET...
ARCHI SECRET!
Anne
En faite c'est les autres qui mon obliger à te dire que je t'aimai pas (prétendûment) parce que par contre c'est tout le contrère de l'invèse car je t'aime avec tout le profont de mon cœur qui bàt fort quand dés que je te voie. Cependant personne doit ne le savoir car sinon
TIENS? TIENS? MONSIEUR TERGAL FAIT DE LA LITTÉRATURE...
QU'EST-CE QUE C'EST QUE ÇA...?! OH! MAIS C'EST UNE LETTRE !!!
ET ÇA SEMBLE ÊTRE ADRESSÉ À MADEMOISELLE ANNE... TRÈS INTÉRESSANT !!!
jeudi 21
53 × 41
3

MALHEUREUSEMENT, IL Y A QUELQUES PETITES FAUTES... ALORS NOUS ALLONS PROFITER DE LA PROSE DE JEAN-CLAUDE POUR RÉVISER L'ADJECTIF QUALIFICATIF... PRENEZ TOUS UNE FEUILLE... JE VAIS VOUS DICTER...
C'EST ALORS QUE LA PETITE ANNE A FAIT QUELQUE CHOSE D'EXTRAORDINAIRE
MONSIEUR, JE NE VOUS PERMETS PAS DE LIRE MON COURRIER.
ET ELLE EST RETOURNÉE S'ASSEOIR DANS UN SILENCE DE MORT...
HEU ALORS L'ADJECTIF QUALIFICATIF...
LE PROF A CONTINUÉ SON COURS, PAS FIER... ET MOI, J'AI COMPRIS UNE CHOSE : JE SERAI AMOUREUX D'ANNE TOUTE MA VIE
Le roi de la pédale
MÉFIE-TOI DE CE GARS-LÀ, JEAN-CLAUDE...
C'EST RIEN QU'UNE PÉDALE !
U... UNE PÉDALE ??
BEN OUAIS: UNE TANTE...
QUEL RAPPORT ENTRE UNE PÉDALE...
... ET UNE TANTE ?
encore une grenadine ?!
EH BIEN, IL Y EN A UN !! LA PREUVE : MA TANTE M'A OFFERT POUR NOËL UNE VOITURE À PÉDALES...
TU N'ES PAS CONTENT ?
SI ! MAIS JE ME MÉFIE...
C'EST SÛR, IL Y AVAIT UN RAPPORT ENTRE TOUT ÇA... MAIS LEQUEL ?!
4

La science progresse à grands pas
Y A UN DÉTAIL QUI ME CHIFFONNE DANS LE SCHEMA DE JEAN-LOUIS SUR COMMENT ON FAIT LES ENFANTS..
fianc
trou pour rentré dans l
fian
Zobi du fiancé
CETTE FENTE-LÀ, DE LA ZÉZETTE... JAMAIS ON POURRA RIEN RENTRER LÀ-DEDANS !!! C'EST TROP PETIT !!!
ET UN SOIR OÙ JE POURSUIVAIS MES RECHERCHES TRÈS TARD, J'AI EU UNE INTUITION GÉNIALE... UNE HYPOTHÈSE FOLLE, À LAQUELLE PERSONNE N'AVAIT PENSÉ ...
!!
PEUT-ÊTRE QUE LA ZÉZETTE DES FILLES CONTINUE PAR EN DESSOUS ?!!
HÉ OUI BON SANG! Y A LA PLACE POUR METTRE DES TAS DE TRUCS BIEN PLANQUÉS !!!
MAIS ALORS QU'Y AVAIT-IL LÀ-DESSOUS? QU'EST-CE QUE LES FILLES CACHENT DE SI HONTEUX ENTRE LEURS JAMBES? IL FALLAIT QUE JE PRENNE L'AVIS D'UN AUTRE SCIENTIFIQUE ...
DES MOULES! C'EST MON FRÈRE QUI ME L'A DIT.. ELLES ONT DES MOULES !!!
PFF! N'IMPORTE QUOI... POURQUOI PAS DES HOMARDS !!!
IL NE ME RESTAIT QU'UNE SOLUTION: LES PHOTOS INCONTESTABLES DU LAROUSSE MÉDICAL...
UN HASARD FACÉTIEUX M'A FAIT TOMBER SUR LES PAGES CAUCHEMARDESQUES DES MALADIES VÉNÉRIENNES...
infection pustulaire
scrofules
fistule bubonique
Fig. 2 HERPÈS VAGINAL
UN JOUR, TOI AUSSI, JEAN-CLAUDE, TU FERAS DES ENFANTS ET...
ARGL!
NAN! NAN! JAMAIS!!
J'IRAI JAMAIS LÀ-DEDANS!! PLUTÔT CREVER!!!
ENFIN ?! QU'EST-CE QUE J'AI DIT, JEAN-CLAUDE ?? ALLEZ, VIENS FINIR TES MOULES...

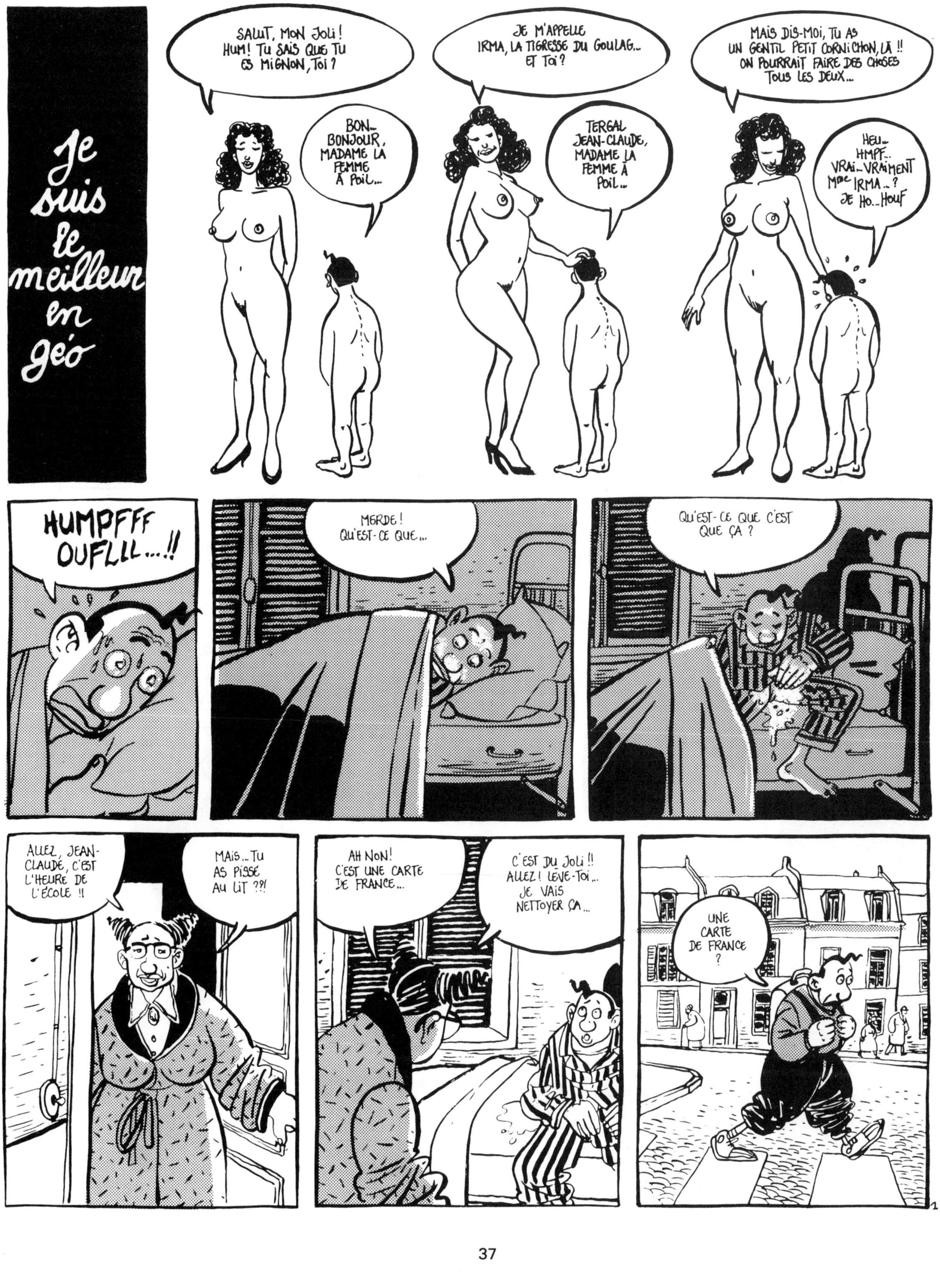
Je suis le meilleur en géo
SALUT, MON JOLI ! HUM ! TU SAIS QUE TU ES MIGNON, TOI ?
BON... BONJOUR, MADAME LA FEMME À POIL...
JE M'APPELLE IRMA, LA TIGRESSE DU GOULAG... ET TOI ?
TERGAL JEAN-CLAUDE, MADAME LA FEMME À POIL...
MAIS DIS-MOI, TU AS UN GENTIL PETIT CORNICHON, LÀ !! ON POURRAIT FAIRE DES CHOSES TOUS LES DEUX...
HEU... HMPF... VRAI... VRAIMENT Mme IRMA... ? JE HO... HOUF
HUMPFFF OUFLLL...!!
MERDE ! QU'EST-CE QUE...
QU'EST-CE QUE C'EST QUE ÇA ?
ALLEZ, JEAN-CLAUDE, C'EST L'HEURE DE L'ÉCOLE !!
MAIS... TU AS PISSÉ AU LIT ??!
AH NON ! C'EST UNE CARTE DE FRANCE...
C'EST DU JOLI !! ALLEZ ! LÈVE-TOI... JE VAIS NETTOYER ÇA...
UNE CARTE DE FRANCE ?

BIEN, MAINTENANT, JE VAIS VOUS FAIRE UNE CARTE DE L'AMÉRIQUE...
WAHOU! VACHTEMENT FORTICHE, LE PROF!! UNE CARTE D'AMÉRIQUE, CARRÉMENT! PAS FACILE, JE PEUX TE LE DIRE. MOI...
ET SANS L'AIDE D'UNE FEMME À POIL... CHAPEAU!
on est tous les mêmes
LE PLUS DUR, C'ÉTAIT PAS MON 1er MATCH DE FOOT... C'ÉTAIT LA 1ère DOUCHE APRÈS...
HEU... JE PEUX GARDER MON... SOUS LA...
ALLEZ! TOUS À POIL!!
APRÈS TOUT, C'EST IDIOT. PARCE QU'EN FAIT, NOUS SOMMES TOUS PAREILS
SAUF PEUT-ÊTRE MARCEL
ALORS, LUI, ON L'AIME PAS, CE CON... JE SAIS PAS POURQUOI, PERSONNE PEUT LE BLAIRER
CON!
CON!
AH QUEL CON!
?
Jean-Louis nous fait son cinéma
ALORS J'AI PAYÉ LE CINÉMA À LA GONZESSE, ET AU MILIEU DU FILM, ZOU! ON EST SORTIS ENSEMBLE !!
Quoi? Tu lui PAYES L'ENTRÉE ET PIS VOUS SORTEZ ENSEMBLE DU CINÉMA AVANT LA FIN DU FILM! C'EST NUL!!
HAHA!! SACRÉ JEAN-CLAUDE !!!
ET TU L'AS PELOTÉE ?
BEN OUAIS, JUSTE APRÈS ÊTRE SORTI AVEC, JE L'AI PELOTÉE!
PELOTER ?

PELICAN, PELLETÉE, PELLICULE... Y A PAS... AH SI! LÀ !! PELOTE BASQUE !!
fig. 1 PELOTE BASQUE
ciné PALACE
ALORS ÇA C'EST TROP! IL EMMÈNE UNE FILLE AU CINÉMA. AU MILIEU DU FILM, IL SORT POUR JOUER À LA PELOTE BASQUE !! Y AVAIT MIEUX À FAIRE! SURTOUT AVEC UNE FILLE !!
QUEL BALOURD !!!
Le coup du slip de bain
CE QUI M'IMPRESSIONNE LE PLUS DANS LA DANSE, C'EST PAS LA GRÂCE DU DANSEUR, C'EST LE GROS PAQUET QU'IL SE TRIMBALLE DANS LE COLLANT
ÇA M'A DONNÉ UNE IDÉE : À LA PISCINE, JE ME SUIS ENFILÉ 500 g. DE OUATE DANS LE SLIP DE BAIN
ALORS LÀ! ÇA A MARCHÉ AU-DELÀ DE TOUT! GROSSE FRIME DEVANT LES COPAINS ET LES COPINES
1
AH! JE TIENS UNE DE CES FORMES, LÀ !!
HÉHÉ! PAS MÉCONTENT DE MON PETIT EFFET...
HO, LES GARS! Y A JEAN-CLAUDE IL A DE LA BARBE BLANCHE QUI LUI A POUSSÉ SUR LES COUILLES!
HAHA !!
REGARDEZ! IL A UN PÈRE NOËL DANS LE SLIP !!
HOU HOU!
TRÈS MAUVAISE IDÉE...
3

Bouquins de cul
JEAN-LOUIS PIQUE LES REVUES DE CUL DE SON FRÈRE. C'EST GÉNIAL !! SAUF QU'Y A UN TRUC QUI NOUS ENERVE...
MEEERDE ! LES PAGES SONT COLLÉES...
QU'EST-CE QU'IL FOUT AVEC LE TUBE DE COLLE, TON FRÈRE ?
EN PLUS, C'EST JAMAIS SUR LES PAGES DE PUB QU'IL MET DE LA COLLE ! C'EST JUSTEMENT LÀ OÙ IL Y A DES FEMMES À POIL !!
LA TIGRESSE DU GOULAG
NUE !
C'EST RAGEANT !
Le sens du panache
AH HEU ANNE !! ÇA... ÇA VA ?? J'AI... HEU... UNE QUESTION IMPORTANTE À TE... QUESTIONNER...
SUPER IMPORTANTE ET...
ALORS VOILÀ, HEU... QU'EST CE QU'IL FAUDRAIT-IL QUE JE FASSE POUR AVOIR HEU... HÉHÉ... QUE TU... HAHEM... M'EMBRASSES UN BAISER
SUR LA... HEU...
BOUCHE, DONC...
HOU LA LA, JEAN-CLAUDE !! TU TE RENDS COMPTE ? UN BAISER SUR LA BOUCHE ???
EH BIEN, IL FAUDRAIT QUE TU FASSES COMME AU TEMPS DES CROISADES... LE CHEVALIER, POUR CONQUÉRIR LE COEUR DE SA BELLE, DEVAIT FAIRE QUELQUE CHOSE DE TRÈS RISQUÉ, AU PÉRIL DE SA VIE...
C'EST LE CODE D'HONNEUR DE LA CHEVALERIE ! IMPOSSIBLE AUTREMENT !!!
QUELQUE CHOSE DE TRÈS RISQUÉ ???
AU PÉRIL DE MA VIE ??

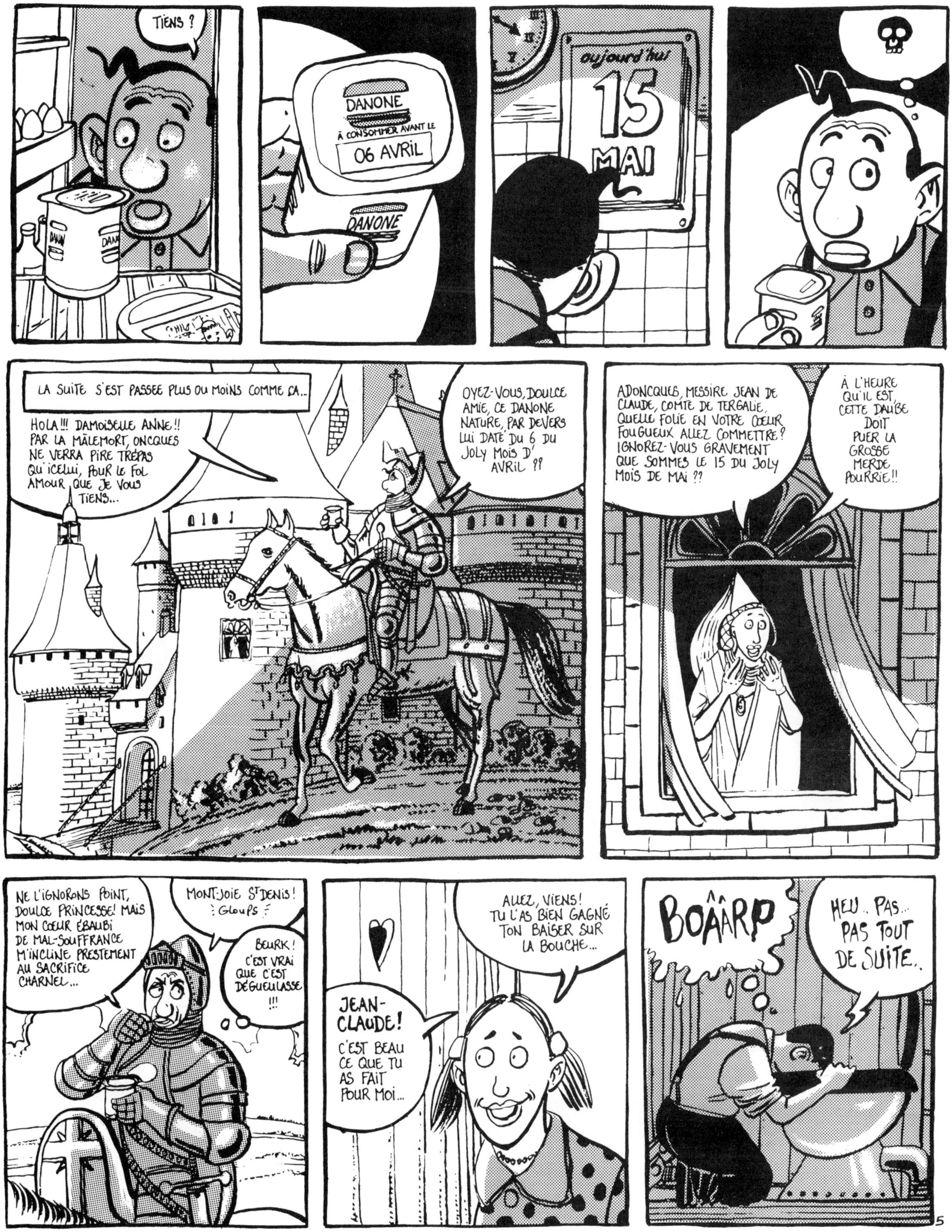
TIENS ?
DANONE
À CONSOMMER AVANT LE
06 AVRIL
DANONE
aujourd'hui
15
MAI
LA SUITE S'EST PASSÉE PLUS OU MOINS COMME ÇA...
HOLA!!! DAMOISELLE ANNE!! PAR LA MÂLEMORT, ONCQUES NE VERRA PIRE TRÉPAS QU'ICELUI, POUR LE FOL AMOUR QUE JE VOUS TIENS...
OYEZ-VOUS, DOULCE AMIE, CE DANONE NATURE, PAR DEVERS LUI DATÉ DU 6 DU JOLY MOIS D' AVRIL ??
ADONCQUES, MESSIRE JEAN DE CLAUDE, COMTE DE TERGALIE, QUELLE FOLIE EN VOTRE COEUR FOUGUEUX ALLEZ COMMETTRE? IGNOREZ-VOUS GRAVEMENT QUE SOMMES LE 15 DU JOLY MOIS DE MAI ??
À L'HEURE QU'IL EST, CETTE DAUBE DOIT PUER LA GROSSE MERDE POURRIE!!
NE L'IGNORONS POINT, DOULCE PRINCESSE! MAIS MON COEUR ÉBAUBI DE MAL-SOUFFRANCE M'INCLINE PRESTEMENT AU SACRIFICE CHARNEL...
MONT-JOIE St DENIS!
GLOUPS
BEURK! C'EST VRAI QUE C'EST DÉGUEULASSE !!!
ALLEZ, VIENS! TU L'AS BIEN GAGNÉ TON BAISER SUR LA BOUCHE...
JEAN-CLAUDE!
C'EST BEAU CE QUE TU AS FAIT POUR MOI...
BOÂÂRP
HEU.. PAS... PAS TOUT DE SUITE..
5

Pas clair !
PROGRAMME DU COLLOQUE, AUJOURD'HUI : " Y A QUOI DANS LE SEXE DES FEMMES ?? "
MOI, JE DIS, Y A DES DENTS QUI TE CROQUENT LA QUÉQUETTE !!
NON ! DEDANS, C'EST MOU COMME UN POULPE AVEC DES VENTOUSES ET TOUT LE BAZAR... ET ÇA PEUT T'AVALER TOUT ENTIER, SI ELLES VEULENT...
OUAIS. EN TOUT CAS, IL DOIT Y AVOIR QUELQUE CHOSE DE LOUCHE... ELLES DOIVENT PAS EN ÊTRE FIÈRES, POUR LE CACHER COMME ÇA, EN DESSOUS... ÇA FAIT UN PEU FAUX JETON...
ALORS QUE NOUS...
figure 1 Le zobi
...TOUT EST DEHORS ! ON N'A RIEN À CACHER ! PAS D'ENTOURLOUPE... ON EST FRANCS DU COLLIER !!
OUAIS !
OUAIS !
ON A RIEN À CACHER !
ALORS ?! ON N'EST PAS FIÈRE !! ON PLANQUE TOUT, HEIN ?!
C'EST LOUCHE !!
FAUX JETONS !!
?
Perfide Albion
J'AI DU POT, MON CORRESPONDANT ANGLAIS, IL M'AIDE BIEN...
JEÂÂN-CLAUDE, IL FAUT TU IOUTILISES DES TYPIQUES EXPRESSIONS ANGLAISES...
POUR EXEMPLE : LE MATIN, TU DIRE : " J'AI TELLEMENT LA FAIM QUE JE POURRAIS MANGER UN CHEVAL. " ÇA, TRÈS TYPIQUE ! VOILA COMMENT DIRE EN ANGLAIS...
REPEAT AFTER ME...
HELLO, JEAAN-CLAUDE, HAVE A NICE NIGHT ??
HOW DO YOU FEEL THIS MORNING ?

VERY WELL INDEED !
I HAVE SUCH A BIG DICK THAT I COULD FUCK A HORSE !!
J'AI SENTI UNE LÉGÈRE FROIDEUR...
BIEN PLUS TARD, J'AI COMPRIS QU'IL M'AVAIT FAIT DIRE QUELQUE CHOSE COMME "J'AI UNE TELLE TRIQUE QUE JE POURRAIS ENCULER UN CHEVAL !!" QUEL SON OF A BITCH !!
J'AI EU L'OCCASION DE ME VENGER EN FRANCE, AVEC UN AUTRE CORRESPONDANT
OH JEAN-CLAUDE ! LOOK !!
COMMENT ÊTRE FORMULE DE POLITESSE POUR ABORDER JEUNES FILLES, QUE TU M'AS APPRIS ??
AH OUI... EH BEN ON DIT : "SUCER LA BITE ?"
AOW ! YES ! SUCER LA BITE, THAT'S IT !!
SUCER LA BITE MADEMOISELLE ??
BUT... BUT... ?!
OH !
CLAC
PETITE REVANCHE MESQUINE, MAIS QUI FAIT TOUJOURS PLAISIR...
impitoyable
J'AIME BIEN LA BRANLETTE DANS MON BAIN...
PASQUE ON EST TOUT DE SUITE LAVÉ... ÇA COLLE PAS AU SLIP PENDANT DES HEURES...
FLOSH FLOSH
ET PUIS, C'EST RIGOLO, CES PETITS TRUCS BLANCS QUI FLOTTENT...
HIHI !
UN JOUR J'AI APPRIS QUE ÇA S'APPELLE DES SPERMATOZOÏDES, ET QUE C'EST COMME DES PETITS BÉBÉS
MÉDICAL
MAINTENANT, C'EST UN DÉCHIREMENT...
JE SUIS TROP SENTIMENTAL...
PAPA !
PAPA !
GLOUB GLOUB...

L'amour la mort
L'AMOUR, C'EST UNE MALADIE? NON PASQUE MA COUSINE EST AMOUREUSE, ET ELLE DOIT PRENDRE UNE PILLULE TOUS LES JOURS POUR ÇA...
ZUT! J'AI ENCORE OUBLIÉ!
IL ME RESTE COMBIEN DE JOURS?
ÇA DONNE PAS ENVIE D'ÊTRE AMOUREUX, S'IL FAUT PRENDRE UN CACHET, QUE SI T'OUBLIES, IL TE RESTE PLUS LONGTEMPS À VIVRE...
14 JOURS!
OUAIS, BEN MOI, JE RESTE À LA BRANLETTE
Au quart de poil
TU SAIS FISTON, LES POILS, PLUS TU LES COUPES, PLUS ÇA POUSSE...
C'EST PAS TOMBÉ DANS L'OREILLE D'UN SOURD!! EN CE MOMENT, AVEC LES COPAINS, C'EST LE CONCOURS DE CELUI QUI AURA LE PLUS DE POILS...
HÉHÉ!
CLIC CLIC CLIC
DANS 15 JOURS, J'AI LA GROSSE TOUFFE!!
À MOI LA SUPER FRIME!!
EN ATTENDANT, J'AVAIS OUBLIÉ LA DOUCHE AVEC MA NOUVELLE ÉQUIPE DE FOOTBALL, LE LENDEMAIN...
MERDE! MERDE! MERDE!
ALLEZ! TOUS À POIL!!
HÉ! VISEZ UN PEU LA CRINIÈRE DU NOUVEAU!! HAHA!!
ÇA Y EST, ON A TROUVÉ SON SURNOM: YULL BRINNER!! HAHAHA!!
PATIENCE! DANS 15 JOURS, ILS M'APPELLERONT DÉMIS ROUSSOS...
La femme est si cruelle
AVEC MON COPAIN HERVÉ, ON ESSAIE DE FAIRE AVANCER LA RECHERCHE...
QUEL EFFET ÇA FAIT QUAND ON RENTRE LE ZOBI DANS LA FEMME?
FAUDRAIT FAIRE DES EXPÉRIENCES AVEC DES TRUCS QUI RESSEMBLENT...
DE MON CÔTÉ, J'AI TROUVÉ QUELQUE CHOSE D'APPROCHANT... Y A PAS TOUTE LA FEMME, MAIS Y A L'ESSENTIEL...
3

POUR RENTRER DANS LA BOUTEILLE, PAS DE PROBLÈME... ÇA M'A PAS FAIT UN EFFET TERRIBLE...
BOF...
HAHEM... PAPA! JE HEU... COMMENT DIRE... JE... VOULAIS PISSER DANS HEU...
UNE BOUTEILLE... POUR LA... HEU... VISITE MÉDICALE...
ET JE HEU...
JE NE SAIS PAS SI MON PÈRE A ÉTÉ DUPE... IL N'A RIEN DIT... IL A CASSÉ LA BOUTEILLE AVEC UN MARTEAU... UN DES MOMENTS LES PLUS DIFFICILES DE MA VIE D'HOMME
DZINNG
MAIS POUR SORTIR, IMPOSSIBLE !! ÇA AVAIT DÛ FAIRE VENTOUSE
HMPFF!
HMPF...
AU BOUT DE DEUX HEURES D'EFFORTS DOULOUREUX, J'AI DÛ ME RÉSOUDRE À LA HONTE ABSOLUE...
MAIS C'ÉTAIT RIEN À CÔTÉ DE MON AMI HERVÉ...
REGARDE LE TROU QUI ASPIRE L'EAU...
TU FOUS TA QUÉQUETTE LÀ-DEDANS, C'EST COMME UNE FEMME, REGARDE...
TU VOIS, JE... OH! AÏE! OUILLE!!! AU SECOURS!!
OH! REGARDEZ LE GAMIN!! APPELEZ LE MAÎTRE NAGEUR !!
IL A FALLU ÉVACUER LA PISCINE, ET DÉMONTER TOUTE LA TUYAUTERIE POUR LE LIBÉRER... ON L'A PLUS REVU À L'ÉCOLE... LA RECHERCHE SCIENTIFIQUE AVAIT FAIT UNE VICTIME DE PLUS...
fin du monde
LA FIN DE L'ANNÉE A ÉTÉ POUR MOI LE PIRE ET LE MEILLEUR JOUR...
ANNE PARTAIT EN VACANCES POUR 2 MOIS À STELLA-PLAGE... POUR 2 SIÈCLES, SUR UNE AUTRE PLANÈTE !!!
AVANT DE PARTIR, ELLE M'A VU...
J'AVAIS DIX MILLE CHOSES URGENTES À LUI DIRE...
ANNE, JE
TU SAIS
IL FAUT QUE
TAIS-TOI...
SMACK!
4

2 SECONDES PLUS TARD, LA VOITURE PASSAIT LE COIN DE LA RUE POUR TOUJOURS !!
JE ME SUIS SENTI SEUL COMME JAMAIS...
VRAOUMM
1 MOIS PLUS TARD, JEAN-LOUIS M'APPRENAIT CECI :
QUAND T'EMBRASSES UNE FILLE, FAUT METTRE LA LANGUE...
M... METTRE LA LANGUE? MAIS OÙ ?!
BEN DANS SA BOUCHE, IMBÉCILE !!
POURQUOI TU L'AS PAS FAIT ?!
BEN... NON ! JE... J'AI OUBLIÉ... MAIS OUI... C'EST VRAI... J'AI PAS MIS LA LANGUE !!
HAHA ! ELLE A DÛ TE PRENDRE POUR UN NUL !!!
MERDE ! T'AS RAISON IL FAUT QUE JE RATTRAPE LE COUP !! JE... JE VAIS LUI ÉCRIRE UNE LONGUE LETTRE POUR EXPLIQUER...
AH ! IL FAUT QUE J'ÉCRIVE EN ANGLAIS POUR QUE SES PARENTS NE COMPRENNENT PAS ! ÇA SE DIT COMMENT "LANGUE" ? REGARDE DANS LE DICO...
ALORS... LA LANGUE... HM... C'EST... "THE TONGUE"
Dear Anne
I have forget to give you my tongue !!
(I don't know where I had the head)
excuse mi again hein ? your Jean-Claude
JE NE SAIS PAS SI ELLE M'A BIEN COMPRIS...
?
CAR, AU BOUT DE 15 JOURS, J'AI REÇU CETTE CARTE...
Merci pour tes tongues mais je n'en ai pas besoin sur la plage, je marche pieds nus.
Anne
Jean Claude
Tergal
15 rue
À LA RENTRÉE, SES PARENTS SONT PARTIS HABITER UNE AUTRE VILLE... JE NE L'AI JAMAIS REVUE...
ANNE, SI TU LIS CES LIGNES, OÙ QUE TU SOIS, M'AS-TU BIEN COMPRIS ??
5

L'exterminatrice
Quoi? Au moment de l'émission de sperme, la femme libère un enzyme protecteur qui tue les spermatozoïdes les plus faibles...
Qu'est-ce que c'est que cette histoire ??
Kill!! Kill!!
Alors, si ma mère n'avait pas eu ce comportement destructeur et sans pitié, à l'heure qu'il est je pourrais avoir des millions de frères pour jouer avec moi...
Tueuse de petits frères !!
L'heure de la pipe
Ya une phrase qui nous fait marrer à l'école en ce moment.
À genoux, femme! C'est l'heure de la pipe !!!
Non, je vous explique : c'est rigolo pasqu'une femme qui fume la pipe, c'est pas courant !!!.
HAHA !
A genoux ! Femme ! C'est l'heure de la pipe !! HAHA !!
Bon, entretemps, j'ai appris ce que c'est qu'une pipe. C'est assez dégueulasse. Heureusement, c'est que les filles qui doivent le faire...
Quand même, les filles, c'est bizarre... Faut voir des fois comme elles chipotent à table...
...Pasqu'ya un petit poil dans leur assiette... Et puis après, des trucs que nous on pisse avec, elles, elles le mettent dans leur bouche!
Faut qu'on m'explique, là...
1

Frimeur !
HÉ! ON REGARDE DANS LE LAROUSSE, SI Y A DES GROS MOTS...
AH OUAIS!! CHERCHE NIBARDS, COUILLES OU BIEN ZIZI...
YA PAS ZIZI... MAIS Y A "BITE" !! WAH LA FAUTE !!! AVEC DEUX "T"...
" BITTE : (n.f.) DANS UN PORT, SERT À AMARRER LES BATEAUX... "
OUAIS ALORS LÀ, IL CHARRIE, LE MEC, S'IL VEUT NOUS FAIRE CROIRE QU'IL RETIENT DES PAQUEBOTS RIEN QU'AVEC LA BITE... ALORS LÀ, CHIQUÉ !!
QUEL FRIMEUR, CE LAROUSSE !!
Le plaisir de bricoler
M'MAN ! EST-CE QUE JE PEUX PRENDRE UNE PLAQUE DE BOIS ET DES VIS... ??
BIEN SÛR, MON CHÉRI, SERS-TOI...
MON FILS EST TRÈS BRICOLEUR. C'EST UN PETIT GÉNIE... IL PEUT PASSER DES HEURES DANS SA CHAMBRE À INVENTER N'IMPORTE QUOI...
M'MAN, JE PEUX PRENDRE UN ROULEAU DE PAPIER HYGIÉNIQUE VIDE, ET DU SAINDOUX ??
OUI, HEU... VAS-Y...
QU'EST-CE QU'IL A ENCORE FAIT COMME TROUVAILLE ? VENEZ, ON VA VOIR CE QU'IL A FABRIQUÉ, MON PETIT LÉONARD DE VINCI...
C'EST LÀ-BAS... LA PORTE DU FOND... CHUT !!
ON VA LE SURPRENDRE !!!

?!
HMPF! HMPFF!
FLOC FLOC
SAINDOUX
Ça capote
P'PA!! C'EST QUOI, UNE 'CAPOTE ANGLAISE' ?!
JE... HEU... EH BIEN HEU C'EST POUR PAS AVOIR D'ENFANTS... VOILÀ...
IL AVAIT RAISON, MON PÈRE... SUR UNE PHOTO, J'AI VU DES ANGLAIS AVEC LEURS CAPOTES...
C'EST SÛR QU'ILS ALLAIENT PLUS AVOIR D'ENFANTS, CEUX-LÀ...
en circuit fermé
MAIS SI, J'TE JURE ! TU PEUX TE LE FAIRE À TOI-MÊME... !!
REGARDEZ ! SI TU TE METS EN TRAVERS DE LA BAIGNOIRE, PLIÉ EN DEUX... T'ARRIVES À TE LA PRENDRE ET À TE LA SUCER !!
baignoire
HA OUAIS !! GÉNIAL !! ÇA DOIT ÊTRE SUPER BON !!!
PLUS BESOIN DE LA FEMME !! QUELLE VICTOIRE DE LA SCIENCE !!!
HOULA !! FAMEUX TORTICOLIS, MON GARS !! TU T'ES FAIT ÇA COMMENT ?
EN VOULANT SUPPRIMER LA FEMME DANS UNE BAIGNOIRE...
3

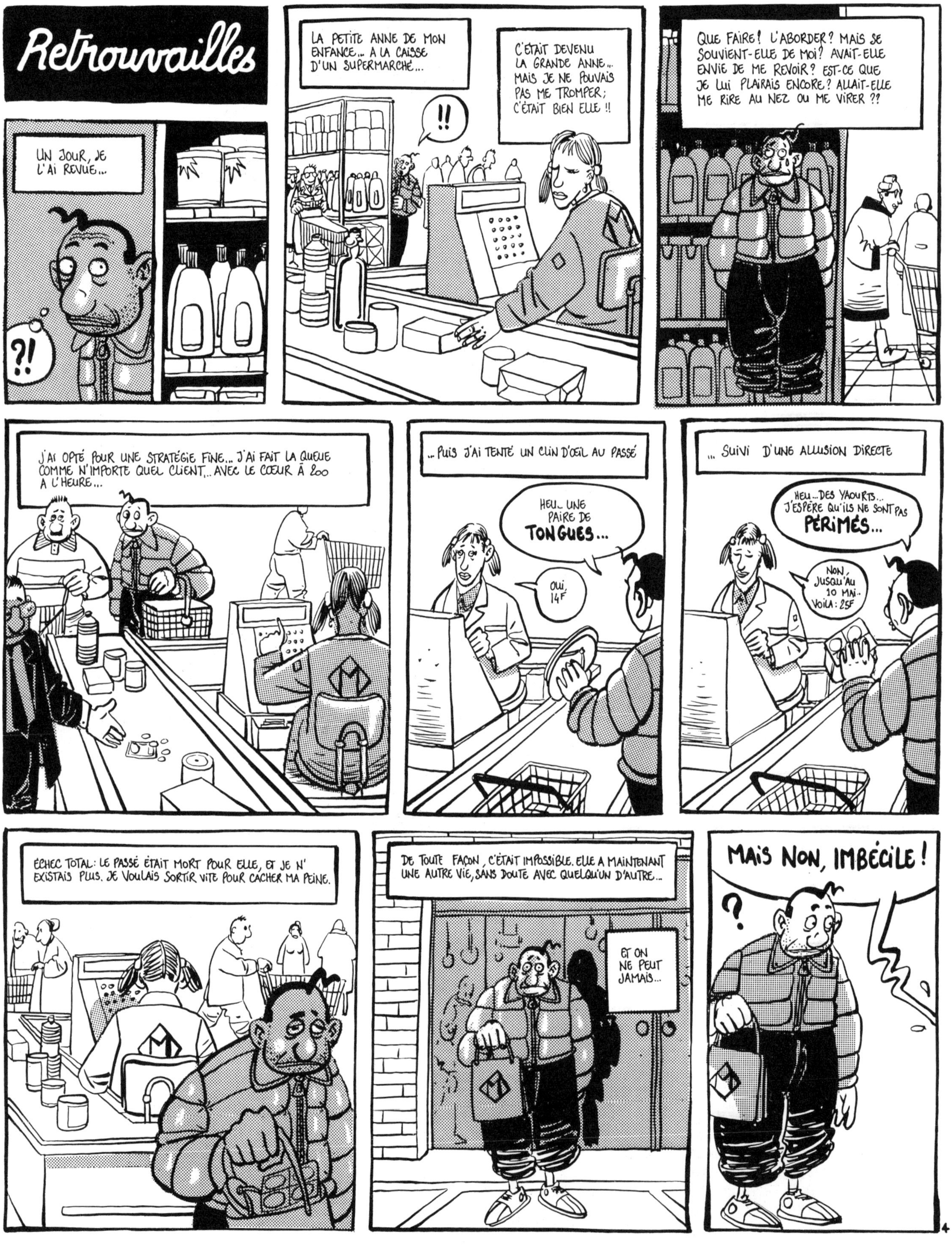
Retrouvailles
UN JOUR, JE L'AI REVUE...
?!
LA PETITE ANNE DE MON ENFANCE... A LA CAISSE D'UN SUPERMARCHÉ...
!!
C'ÉTAIT DEVENU LA GRANDE ANNE... MAIS JE NE POUVAIS PAS ME TROMPER; C'ÉTAIT BIEN ELLE !!
QUE FAIRE! L'ABORDER? MAIS SE SOUVIENT-ELLE DE MOI? AVAIT-ELLE ENVIE DE ME REVOIR? EST-CE QUE JE LUI PLAIRAIS ENCORE? ALLAIT-ELLE ME RIRE AU NEZ OU ME VIRER ??
J'AI OPTÉ POUR UNE STRATÉGIE FINE... J'AI FAIT LA QUEUE COMME N'IMPORTE QUEL CLIENT... AVEC LE COEUR À 200 A L'HEURE...
... PUIS J'AI TENTÉ UN CLIN D'OEIL AU PASSÉ
HEU... UNE PAIRE DE TONGUES...
OUI, 14F
... SUIVI D'UNE ALLUSION DIRECTE
HEU... DES YAOURTS... J'ESPÈRE QU'ILS NE SONT PAS PÉRIMÉS...
NON, JUSQU'AU 10 MAI. VOILÀ: 25F
ÉCHEC TOTAL: LE PASSÉ ÉTAIT MORT POUR ELLE, ET JE N'EXISTAIS PLUS. JE VOULAIS SORTIR VITE POUR CACHER MA PEINE.
DE TOUTE FAÇON, C'ÉTAIT IMPOSSIBLE. ELLE A MAINTENANT UNE AUTRE VIE, SANS DOUTE AVEC QUELQU'UN D'AUTRE...
ET ON NE PEUT JAMAIS...
MAIS NON, IMBÉCILE !
?
4

MAIS QU'IL EST EMPOTÉ CELUI-LÀ, ALORS !! MAIS POURQUOI TU COMPLIQUES TOUT ?? TIENS, REGARDE-MOI !!
HÉ! MAIS... C'EST ANNE !! COMMENT ÇA VA ??
TU ME RECONNAIS ???
OUIII ! JEAN-CLAUDE !! AH ! C'EST CHOUETTE DE TE REVOIR...
J'AI BIEN CRU QUE L'AUTRE ENDORMIE ALLAIT TE LAISSER PASSER SANS TE VOIR !!
MOI C'EST PAREIL ! EMPOTÉ COMME IL EST, IL ALLAIT PARTIR, FIGURE-TOI !!
ALLEZ VIENS ! JE T'EMMÈNE EN PIQUE-NIQUE !! ON VA PRENDRE DU GOÛTER POUR DEUX...
OUAIS !! DES CHOCO-BN. !!
BEN, TU VOIS, VIEUX ?! C'EST TOUT SIMPLE, LA VIE !! TU AIMES ? TU LE DIS... T'AS ENVIE ? TU LE FAIS... ALLEZ EXCUSE-NOUS... ON A BEAUCOUP DE TEMPS À RATTRAPER !!
AH ! ILS SONT COMPLIQUÉS, CES BENÊTS D'ADULTES !! QU'EST-CE QUE T'ES DEVENUE, TOI ? MOI, UNE ESPÈCE DE GRAND COINCÉ QUI SE FAIT TOUJOURS JETER PAR LES FILLES... LAMENTABLE !!
MOI, C'EST PAS MIEUX... QUE DES HISTOIRES TORDUES SANS VRAI AMOUR COMME AVEC TOI... QUELLE TRISTESSE ! ALLEZ ! ON VA TOUT RECOMMENCER À ZÉRO !!
FIN

Du même auteur

Jean-Claude Tergal
T. 1 : Garde le moral
T. 2 : Attend le grand amour
T. 3 : Présente ses pires amis
T. 4 : Raconte son enfance martyre
T. 5 : Découvre les mystères du sexe
(éditions Audie-Fluide Glacial)

Jean-Claude Tergal en poche
(éditions J'ai lu BD)

Raymond Calbuth
T. 1 : Fils du vent
T. 2 : A la conquête du globe
T. 3 : Bourreau des coeurs
T. 4 : Chasseur de gloire
L'intégrale des 4 tomes
(éditions Glénat)

Raymond Calbuth en poche
(éditions J'ai lu BD)

Les Damnés de la Terre Associés
T. 1 : Stars d'un jour...
T. 2 : Stars toujours !
T. 3 : Jours de stars
(éditions Delcourt)

Au bonheur des drames
(éditions Albin Michel)

Raoul Fulgurex
(dessins Gelli)
T. 1 : Le secret du mystère
T. 2 : La mort qui tue
T. 3 : Les mutinés de la révolte
(éditions Glénat)

Collection Manuscrit
La Bite à Urbain
Sacré Jésus
(éditions Delcourt)

BD Roman
Le quartier évanoui
(avec Anne Sibran)
(éditions Glénat)

les albums Fluide Glacial

Alexis	Avatars et coquecigrues
	Fantaisies solitaires
Alexis, Gotlib	Dans la joie jusqu'au cou
Baron Brumaire, Thiriet	Combien de marins?
Binet	Les Bidochon (14 tomes)
	Déconfiture au petit déjeuner
	Forum
	Histoires ordinaires
	L'institution
	Kador (4 tomes)
	Monsieur le Ministre (2 tomes)
	Poupon la Peste (2 tomes)
	Propos irresponsables (2 tomes)
Blutch	Waldo's bar
	Mademoiselle Sunnymoon
Coyote	Litteul Kévin (2 tomes)
Dupuy, Berberian	Graine de voyous
	Le journal d'Henriette, tome 2
Edika	1-Debiloff profondikoum
	2-Homo-sapiens connarduss
	3-Yeah !
	4-Absurdomanies
	5-Sketchup
	6-Désirs exacerbés
	7-Happy-Ends
	8-Tshaw !
	9-Knock-out !
	10-Concertos pour omoplates
	11-Orteils coincés
	12-Bluk-Bluk
	13-Pyjama blouze
	14-Bi-bop euh... loula
	15-Splatch !
	16-Relax Max
	17-Big Noz
	18-Melon Bago
	19-Destins yaourt
	20-Ploucs show
Foerster	Hantons sous la pluie
	Certains l'aiment noir
	La soupe aux cadavres
	La raison du plus mort
Franquin	Idées noires (2 tomes)
Gaudelette	Radada, la méchante sorcière (2 tomes)
Gimenez	Amor, Amor !!
	Paracuellos (2 tomes)
	Amour toujours
	Aux risques de l'amour (2 tomes)
Goossens	L'encyclopédie des bébés (3 tomes)
	La vie d'Einstein (2 tomes)
	Route vers l'enfer
	Georges et Louis (2 tomes)
Gotlib	La bataille navale... ou Gai-Luron en slip
	Gai-Luron (10 tomes)
	Hamster Jovial et ses louveteaux
	Pervers Pépère
	Rhâ-gnagna (2 tomes)
	Rhââ Lovely (3 tomes)
Héran	L'étoffe des zéros (2 tomes)
	Pulsions zérotiques
Hugot	Les consultations du Dr Ohlenschlager
	Déshabillez-vous
	Le Doc peint le monde tel qu'il est
	Les enquêtes du Commissaire Pecteur
Léandri	Photos-BD
Lelong	Carmen Cru (6 tomes)
Lob, Gotlib, Alexis, Solé	Superdupont (5 tomes)
Maëster	... et Boules de gomme
	Obsédé sexuel (3 tomes)
	Soeur Marie-Thérèse (4 tomes)
Moerell	Ou la cuisse ?
	Vise l'ampleur !
	Trot c'est trop !
Solé, Dister, Gotlib	Pop et rock et colégram
Tha, Bigart	Absurdus Delirium (2 tomes)
Thiriet	Contes d'à-côté
	Histoires peu crédibles
	Trois tiers de trio (2 tomes)
Tronchet	Jean-Claude Tergal (5 tomes)

Éditions Audie, 120 bis boulevard du Montparnasse 75014 Paris.
Tél.: 43.20.23.96
Imprimé par Maury et relié par Brun à Malesherbes
Dépôt légal mars 1996. Dépôt initial octobre 1995. ISBN 2-85815-203-9
Diffusion France et Etranger : Flammarion